句集

山祇

山田貴世
Takayo Yamada

角川書店

句集・山祇

目次

装丁●岸 顯樹郎
本文デザイン●ベター・デイズ

句集 山祇

火の山

二〇一六・二〇一七年

先がけの鴨に落ち着く隠り沼

尼寺に雨の匂いの穴まどい

蔓に蔓絡みて終の藪からし
曲る度つかみそこねし秋の風

踏んばりの利かぬ日となり草の花

イタリアの形に乾く唐辛子

この島に漁夫も老いたり鰯雲

人追えばまた遠ざかる星月夜

吊り橋の揺れは身の揺れ冬に入る

蟷螂の枯れに徹するひたごころ

綿虫の浮力われにも欲しき日よ

人と居て一日はればれ花八手

風垣の男結びも奥信濃

風に伏す枯小菊にもある気骨

女傑とははほど遠きなり冬桜

わだかまり冬青空へ解き放つ

空という無辺の器雪降れり

冬晴や山の湯宿の古看板

火の山を抱きて満目枯れ尽す

静かなる去年や今年や煮炊の火

湘南の海の紺碧大旦

金色の海面は浄土寒明くる

二ン月の汽笛尾を引く夕間暮れ

一湾に艦のひしめく戻り寒

島椿踏むは踏絵をする如し

初蝶にまだまだ固き日差しかな

たんぽぽ野太古の恋はおおらかに

春禽や楠の風格いやませり

囀にふくらむ一樹母の忌よ

光り出す記憶のかけら雛の宵

諳ずる歌の一節春菜摘む
声に艶沈丁の夜を帰り来て

古の人の塚とよ囀れり

橋一つ渡れば田螺鳴く浄土

春日傘まわせば明日がみえてくる
春泥を跳び越す本気ハイヒール

砂場にも砂丘の起伏春疾風

春の月地軸傾きはじめたり

たわむれに腕組む春の宵ならば
風の子が来ている夜のふらここに

花の座に亡き人もいて上野山
その中に迷う一片飛花落花

花衣まとうや女子力アップせり

雨なれど今日は今日とて花巡り

片隅におわす田の神菜種梅雨

埒もなき事よ石蹴り春終る

旅の日の翳り深めつ白牡丹

郭公の青き冴や朝の牧

浦風や影を濃く置く棕梠の花

自若たり錆を兆せる朴一花

夏燕空の機嫌の良き日なり

青芒風の高さに光りおり

寂寞と昏るる夕べや額の花
人恋し浜木綿月夜ならばこそ

青き闇ためて木の洞梅雨に入る

ここにこそ残る昭和ぞ田植笠

青梅雨や液化してゆくわが心

梅雨きのこ思案の果ての白さかな

羅や川面明かりを身にまとい

神杉の乾く伐り口朝ぐもり

噴水のきらめく高さ父と子に

大夕立何やら生まれ変れそう

ペリー祭海を焦がして大西日
水打てり今日をきれいに終るため

島の灯のしるき点滅秋に入る

一葉落つる音ききとめつ母が家に

何事も破顔一笑生身魂

紫苑晴自分探しの旅もよし

凡凡の凡を諾う螻蛄鳴く夜

今日という帰燕の空の高くあり

送葬の旅や名残りの秋夕焼

亡き人の誰彼蚯蚓鳴く夜かな

一人ゆくこの道が好き草の花

故無しに何を急かすか秋の蟻

一念を通さんとしてすがれ虫
無人駅三つまで繋ぐ稲穂波

人住まぬ家を守るかに鬼の子は
きざはしの濡れているなり豊の秋

雨来るかしきりに鳴ける夕鶵

鈴懸の実の鳴る小径風こみち

笛を吹く楽士のオブジェ小鳥来る

この道は行ってはならじ開戦忌

冬銀河無数の言葉降らしめて
石蹴ればまた枯深む我身かな

枯葦に風や光や足衰う

山祇の褥に柞落葉かな

山すだま

二〇一八年

わが胸の種火絶やさず去年今年

秀麗の富士に一礼お元日

新玉の楠の一樹を頼みとす

胴長の犬の箸置年新た

日のぬくみもろとも束ね枯小菊

晩節の香とも柊花ひらく

愛犬の耳より老いて冬野原

着ぶくれを囃す鴉の利発な目

風花す山祇遊び初めしかな

尼寺の明り取り窓笹子鳴く

水草生う優しき今日の日差しかな

誰も来ぬ川名谷戸奥蘆の角

三月の暗さ明るさ己が身に
ひらひらと蝶のこぼせし日の欠片

総決起したるが如き土筆かな

まだ木橋かかる里曲や雲雀笛

椿東風たまゆら翳る海の面

雲払う太鼓早打ち春まつり

軍鶏の目の瞬時きらりと涅槃西風

一舟を置く春暁の湖の面

一穢なき無辺の空や燕来る

原発禍浴びて七歳里桜

かげろうへいま漕ぎ出だす渡し舟

山葵沢天城の空の晴れて来し

君呼べば谺が還る春の山
刻違う二人の時計日永し

生も死も愛おしさくらさくらかな

山祇に遅日の空の無限大

隠り沼に無数の光蝌蚪に足

一陣の風に峠の遅桜

狼藉のはしぶと鴉花の昼

眼光のゆるぶ仁王や雲雀東風

雛菊や重なりてくる山の風

善き顔の尼僧に出会う花月夜

ゆるぎなき一瀑の音春深し

捨て舟の影を濃くおく暮春かな

一の坂二の坂八十八夜寒

入相の鐘の一打に春行けり

五月来るサラサラ銀のネックレス

汐の香の駅に降り立つ夏はじめ

はらはら竹も時なり葉を落す

夕風の小径となるや花茨

花は葉にこの淋しさはいずこより
己が音呑みて輝く男滝かな

男には男のうれい桜桃忌

立葵折目正しく咲き上り

小諸なる草笛の音の身に添うや

追分や方位狂わす時鳥

ビール干す山の男の喉仏

遠河鹿水のうずまくひとところ

牡丹のうしろまわれば風出でて
もやもやと雨を呼びたり花樗

寺守の後を胸張り羽抜鶏

六月やうなじに触るる雨意の風

雨蛙またも鳴かせて降り出せり

はしけやしものにでで虫・守宮の子

涼風を心の裡に夕渚

橋の名に弥勒・弁天風薫る

濃紫陽花昼より雨の降る予報
ほうたるを鏤め里の細小川

ででむし虫や時には羽もほしかろに

羽抜鶏律義に時を知らせおり

風涼し朴の樹齢を仰ぎいて

緑陰や死者も生者も憩い居り

追憶は蜜の甘さよ螢の夜

心にも育つ闇あり青葉の夜

六月の梟の黙われの黙

万緑の中を上総の久留里線

とある日の夏の夜の夢孔雀来る

走り旅冷しトマトを丸齧り

喜雨亭忌早も夕餉の灯の点る

蒼茫の海若者の夏了る

空缶のころがる音も秋に入る

無疵なる帰燕の空の深さかな

糸瓜棚ゆえなく眠き昼下り
偏屈も頑固もよかれ生身魂

天の川あふれ列島水びたし

故郷は水澄む頃や父母はなし

一筋の風さんざめく秋桜
うつし世のひと日たためり酔芙蓉

秋の夜の伊予水軍の陣太鼓

白木槿閉ずるや風をつかみては

須臾の刻力抜きたり法師蟬
ひぐらしの鳴ききるまでの青き空

しばらくは彼の人のこと星月夜
ねこじゃらし束ねて猫にしてしまう

龍神に添うは龍田の姫ならむ

虫鳴くや豊かなる闇ほしいまま

十月の日を濃く置けり磧石

蓮の実飛ぶ未来永劫信じつつ

また一人欠け皀角子の実の弾ぜて

秋思ふと天を翔けゆく白き鳥

雨降嶺にとどこおる雲鳥わたる

草の実や相模国の一の宮

字と字つなぐ野の道蝗飛ぶ

傾ぎ癖つきし案山子の無表情

強面の漢のような榠樝の実

山国の闇の厚さをすがれ虫

歩こうよ銀河濃くなるところまで

どの木にも主張のありて冬に入る

しばらくは亀と小春の日の渦に

小六月少し煤けて火伏神

真向いに富士見てたたむ時雨傘

出会いまた別れ山茶花明かりかな

梟の昼のまなぶた厚かりき
一夜さの旅の時雨のあたたかし

冬ざれや湖渡り来る山すだま

冬銀河ふりかぶりいてふと不安

一塊の寒さ居坐る山上湖
からからと風に枯れゆく芒原

鳰遊ぶ湖あり詩嚢養えり

僧房の山羊にとろとろ冬日差し

冬山河一世のえにし父母祖父母

魔除鈴一つ鳴らすも年用意

山桜

二〇一九・二〇二〇年

福相の猫に出会うもお元日

淑気満つ枝張る楠の一樹かな

晴れ晴れと湘南江の島大旦

江の島が見ゆる安心今朝の春

忘却は生くる術なり屠蘇の酔

人生の佳境というも餅焦がす

陀羅尼助売るや吉野の冬深む

清浄と木々宥めいる寒の雨

高貴なる色を沈めし竜の玉
頷けばこと足る今日の寒さかな

十二月水の地球の端に生く

福島は未だ「フクシマ」枯木立

天地の確かな目覚め冬雲雀

言の葉の満ちくる迄を冬渚

二ン月や水の淡海の遠明かり

ていねいに過す晩節梅香る

ことに照る椿一花や無音界

薄氷に兆すさすらいごころかな

草の芽の声のツンツン聞き分くる
白梅のゆたかな光わが裡に

日差し満つ桃の三月おみな月

揚雲雀光のつぶて降らしおり

紫雲英田に佇つやたちまち髭髪

蓬摘むふるさとの山日本一

花菜風夕日大きく見ゆる日よ

抱一の亀鳴く一日海荒るる

海光の及ぶ限りを紅椿

彼の人に少し距離置く春日傘

目もて追う大き背中やかげろえる
春夕焼去りゆく人へ振る両手

雉ほろろ里の夕べをふるわせて
自分流つらぬき通す残り鴨

何すべく遅日の椅子に船を見て
朧夜の心ばかりが覚めており

心にも仮面つけたき花の夜
花のこえ聞かんと花を仰ぎおり

月朧湖という涙壺
遅日光ながめて飽かぬ石の相

暇乞い未だせぬこの世花ふぶく

田蛙の夜さりの声や人恋えり

水匂う八十八夜の幹の洞

花は葉に電車乗り継ぎ故郷へ

山祇の小さき祠緑さす

遠汽笛届く窓辺や五月来る

新樹光令和元年一日目

晴れ晴れと令和元年五月来る

高々と囲を張る蜘蛛や吹き晴るる

夕空に残る藍色蚊喰鳥

ぼうたんのまとう夕闇生臭し
夏来たる古木に水ののぼる音

花うばら雨の匂いの濃くなれり

塚山に広ごる静寂余花ぐもり

六月の雲を育てし一樹かな

闘争心脚に残れる羽抜鶏

飛沫みな光となりて夫婦滝

ひとところ闇を濃くせり花さびた

花うつぎ時折かげる水の音
夏蛙村に暮しの灯のともる

遠き日の想い弾けし花火の夜

息災の父母在りし頃牽牛花

風を聴く九月の森の美術館
白樺に霧降る夜を人といて

大銀杏からりと晴るる九月かな

蚯蚓鳴く足裏なにやらこそばゆし

子規庵の名残りの萩となりにけり

覗き見る甕の中より秋の声

まぼろしの沼尋めゆけば穴まどい

山祇へころりころがる木の実かな

秋草のしなう強さを我欲す

十月や動くともなく船行けり

意外にも饒舌秋の波の音

秋晴や海を見尽す指定席

小鳥来る山手三十六番館

秋うらら港横浜カフェテラス

ターニングポイントいくつ鵙の昼

折鶴を発たせてみたき星月夜

銀河濃し何やら心富む日なり

夕鐘のかすかに届く野路の秋

色変えぬ松や庄屋の門構

阿夫利嶺に雲富める日や新酒酌む

楠の木の益荒男振りや冬に入る

小半時十一月の切株に

山の日に消え入るばかり冬桜

初霜や噴く松脂のつややかに

握り飯ほどの雲浮く神の旅

枯れ兆す芒風呼ぶ力あり

たわやすく日昏れ来ており茶の花に
どの道を行くも木枯し笛吹けり

柿落葉風の喝采鳴りやまず

定席にいつもの人や冬ぬくし

わが顔の少し煤けて十二月

久方のふるさとに聴く霜の声

冬日差しむかし本陣脇本陣

冬蝶のあえかなる息聞きとめつ

音たてて結界に落つ朴落葉

裸木に顔あり手あり足があり

数え日の何するでなく過ぎにけり
高々と鷹の空あり言祝げり

鎮座せる猫にも御慶申さばや

温助の孫を一喝お元日

心の荷軽くなりたる初湯かな

三日はやこの青空は鳶のもの

神域の鯉の跳ねいる四日かな

薄闇に繭玉そぞろ語り出す

神木に集う鳥どち六日年

人日や木椅子のぬくみ分け合うて

松過ぎや少し熱目に茶を入れて

福笹やこれは恵比須の釣りし鯛

どの家も華やぎている寒夕焼

風甘き女人寺なり水草生う

春浅し血縁という危うさよ

空恋うてひと塊の犬ふぐり

林中にひびく瀬音も春なれや
雉子鳴くや野山にわかに昏れなずむ

春虹を渡り母御と逢えたるか

雲雀野に人肌程のぬくみあり

花林檎集落十戸静もれり

山祇へ声を尽せり百千鳥

三月や木魚の音の弾み来る

痛みとも蒲公英の茎乳噴けり

寿福寺に足踏み入るる立子の忌

山羊を飼う鬚の住職春うらら

鎌倉を抜けて江の島鰆東風
突堤の人も鳶も陽炎える

艶やかに裸弁天椿晴

やわらかき耳より覚めて四月かな

ひそやかに樹齢養う山桜

うぶすなの静寂に溶けて夕桜

気まぐれな風に遊べる峰桜
花の宵かどわかされてもみたきかな

飛花落花人の輪にいて一人なり
ふらここの揺れに身を置く浮世かな

相生の松の歳月春暮るる
瑠璃蜥蜴色のみ残し消えはてり

白牡丹一気に力抜きており

花は葉に幹に手ふれし夕ごころ

是非もなく出掛ける用事余花に会う

たかんなの日に異に伸ぶる村はずれ

神域の桙杉直ぐと五月来る

三叉路の風ふと変る立夏かな

浄土とは師の在すところ朴散華

きらりきらら硝子の破片夏めけり

思い出の景草笛の透き通る
夕昏るる松蟬の声切れぎれに

物の怪の夕べざわめく椎若葉

蝸牛おのが一世を諾えり

蟾蜍誰ぞに似たる面構

七月の竹林の風さやらさや

古都小路傾け合うてひから傘

打水の茶屋の奥より声こぼれ

うつし身にふりかぶりいる晩夏光

八月やいくつ拾いし虚貝

句集　山祇　畢

あとがき

「波」は令和三年五月に創刊四十五周年を迎えます。
「波」初代主宰青木泰夫、二代倉橋羊村両師の「波」に寄せる熱い思いを引き継ぎ平成二十八年に主宰に就任させて頂きましたが、運営委員の諸氏をはじめ潮集・灘集同人、波集会員のお一人お一人の支えがあったからこその歩みであったと感謝に堪えません。

　今回出版の『山祇』は私の第四句集になります。内容的には忸怩たるものがありますが、創刊四十五周年に合わせての出版になったことを喜んでおります。私にとりまして俳句は自然に生かされ、人との関りの中で自己の内面を見詰め直し高めていくものに他なりません。

　出版にあたり色々とお世話になりました角川『俳句』編集長の立木成芳様・平澤直子様及び編集部の皆様に厚く御礼を申し上げます。

令和二年十月吉日

山田貴世

著者略歴

山田貴世

やまだ●たかよ

昭和16年　静岡生まれ

昭和43年「小鹿」に入会。のち退会

昭和53年「波」に入会

昭和63年「波」編集長

平成27年　主宰代行

平成28年　主宰に就任

平成29年「俳句四季」特別賞受賞

句　集『わだつみ』『湘南』『喜神』

現　在　藤沢市俳句協会会長

現代俳句協会会員

国際俳句交流協会会員

日本文藝家協会会員

句集　山祇　やまつみ

初版発行　2020年10月30日

著　者　山田貴世
発行者　宍戸健司
発　行　公益財団法人 角川文化振興財団
〒359-0023　埼玉県所沢市東所沢和田3-31-3
角川武蔵野ミュージアム
電話 04-2003-8716
http://www.kadokawa-zaidan.or.jp/
発　売　株式会社 KADOKAWA
〒102-8177　東京都千代田区富士見2-13-3
電話 0570-002-301（ナビダイヤル）
https://www.kadokawa.co.jp/
印刷製本　中央精版印刷株式会社

落丁・乱丁本はご面倒でも下記KADOKAWA購入窓口にご連絡下さい。
送料は小社負担でお取り替えいたします。古書店で購入したものについては、お取り替えできません。
電話 0570-002-008（土日祝日を除く 10時～13時 / 14時～17時）
 ISBN978-4-04-884359-1 C0092

角川俳句叢書　日本の俳人100

青柳志解樹
朝妻　力
有馬朗人
安西　篤
伊丹三樹彦
伊藤敬子
伊東　肇
井上弘美
猪俣千代子
茨木和生
今井千鶴子
今瀬剛一
岩岡中正
尾池和夫
大石悦子
大牧　広
大峯あきら
大山雅由

小笠原和男
小川晴子
奥名春江
小倉英男
落合水尾
小原啄葉
恩田侑布子
甲斐遊糸
加古宗也
柏原眠雨
加藤憲曠
加藤耕子
加藤瑠璃子
金箱戈止夫
神尾久美子
九鬼あきゑ
黒田杏子
小島　健

阪本謙二
佐藤麻績
塩野谷仁
柴田佐知子
柴田多鶴子
小路紫峡
鈴木貞雄
鈴木しげを
千田一路
高橋将夫
田島和生
棚山波朗
辻　恵美子
坪内稔典
出口善子
手塚美佐
寺井谷子
名村早智子

鳴戸奈菜
名和未知男
西村和子
根岸善雄
能村研三
橋本榮治
橋本美代子
藤木倶子
藤本安騎生
藤本美和子
文挾夫佐恵
古田紀一
星野恒彦
星野麥丘人
松尾隆信
松村昌弘
黛　執
岬　雪夫

三村純也
宮田正和
武藤紀子
村上喜代子
本宮哲郎
森田　峠
山尾玉藻
山崎　聰
山崎ひさを
山田貴世
山本洋子
柚木紀子
依田明倫
若井新一
渡辺純枝

ほか

（五十音順・太字は既刊）